생이 너무나 즐거운 까닭

마이노리티시선 42

생이 너무나 즐거운 까닭

지은이 김금자
펴낸이 조정환
책임운영 신은주
편집부 김정연
홍보 김하은

펴낸곳 도서출판 갈무리 **등록일** 1994. 3. 3. **등록번호** 제17-0161호
인쇄 2015년 6월 6일 **발행** 2015년 6월 16일
종이 화인페이퍼 **출력** 경운출력 **인쇄** 예원프린팅
라미네이팅 금성산업 **제본** 일진제책

주소 서울 마포구 서교동 375-13호 성지빌딩 101호 [동교로 22길 29]
전화 02-325-1485 **팩스** 02-325-1407
website http://galmuri.co.kr e-mail galmuri94@gmail.com

ISBN 978-89-6195-092-3 04810 / 978-89-86114-26-3 (세트)

값 7,000원

이 도서의 국립중앙도서관 출판시도서목록(CIP)은 서지정보유통지원시스템 홈페이지(http://seoji.nl.go.kr)와 국가자료공동목록시스템(http://www.nl.go.kr/kolisnet)에서 이용하실 수 있습니다. (CIP제어번호 : CIP2015014714)

생이 너무나 즐거운 까닭

김금자 시집

갈무리

自序

느지막이 좋은 친구를 만났다
그 친구는 소리 없이 내게 다가와서
말을 걸기도 하고 어디론가 데리고
다니기도 한다 한밤중에 올 때도 있고
종종걸음으로 바쁘게 일을 하거나
손녀들과 한가로이 놀 때도 찾아온다
어떤 때에는 내 유년시절로 데려다 주기도 하여
고향산천 돌아보고 천진난만하게 휘젓고
다니기도 하였다 내 곁을 지켜주는
이 친구가 있어서 참 좋다
이제 내가 그 친구를 지켜줘야겠다

차례

1부

2부

3부

4부

1부

뜸

뜸이 덜 든 밥과
고두밥은 다르다
뜸이 덜 든 밥은 설익은 밥이고
고두밥은 물이 약간 적어서 덜 퍼졌지만
밥알에 뼈가 없다
설익은 밥은 물량과 관계없다
질어도 덜 익었기 때문에 생 내가 난다
그래서 먹을 수 있는 밥의 관건은 뜸인데
뜸은 익은 것을 관장하기보다
익은 것을 익히는 것이다
그때는 솥뚜껑을 열어서는 안 된다
온도를 일정하고 은근하게 가해야 하고
시간이 시간 속에 쌓이듯
기다려야 한다
잘 익은 관계는 다 뜸이다

묵나물을 삶으며

묵나물을 삶으면
이파리와 줄기 부분이
익어 퍼지는 시간이 다르다
그래서 급한 마음에 압력밥솥에 삶기도 하는데
그러면 이파리가 뭉개져 못쓰게 된다

같은 기간 똑같이 말랐음에도
똑같이 퍼지지는 않는다는 것
한 몸이면서도 둘의 역할은
살아서도 말라서도 다른가보다

삶은 물에서도 이파리를 붙잡고
심줄처럼 질긴 줄기를 보며
말라가면서도 이파리를 떨어뜨리지 않으려 애쓰던
줄기만의 고통과 희망을 생각했다

끓는 물에서 묵나물을 뒤집고
솥 째로 베란다에 내놓고 그대로 식힌다
줄기가 견뎠을 시간을 찾아주자
이파리와 줄기가 선명한

취나물이 되었다

생생함에 눈 뜨다

지독하게 앓다가 조금 회복되니
보이는 것들이 다 새롭다
아침 햇살이 이처럼 융숭했던 적 있던가

거실 바닥에 작은 벌레가 기어간다
예전 같으면 파리채부터 찾았을 텐데
고 작은 몸으로 추운 겨울을 어떻게 견뎠냐고 묻는다
그랬더니 보란 듯 창가로 날아간다

음식물분리수거를 하러 가다가
하수도 쥐와 마주쳤다
너희들도 사는 게 바쁘구나 생각하는 사이
금방 꼬리를 감추고 금방 틈새로 고개를 쑥 내밀고
눈 반짝인다

그래 그래 열심히 살아라
살다라는 말 참 좋지 살다 살다 살아있다
되뇌면서 현관에 들어서니
손녀가 고 작은 입으로
할머니 소리치며 뛴다

오매— 생생하다
살아 있는 것 전부는
가볍게 뛰려고 한다

문을 위한 예절

은행 껍질을 까는데
조금 세게 때리면
알이 바싹 부서지고
힘 빼고 살짝살짝 두드리면
껍질은 안 벌어지고 손끝만 때린다
그러다가 어떤 것은 쉽게 톡 벌어지기도 한다는 걸 알았다
은행의 한쪽은 조금 크고 둥글고
다른 쪽은 작고 뾰족한데
둥근 쪽을 톡 치면 잘 벌어지는 것이다
생각해 보니 땅콩 완두콩 녹두
껍질을 가진 것들은
잘 벌어지는 쪽이 따로 있었다
껍질이라고 너무 힘으로만 대한 것 같다
그들에겐 엄연한 집이고
문이 있다는 걸 생각 못하고
무턱대고

나중에

'나중에' 라는 말
뭔가를 미뤄둔 듯하면서도 딱 끊지 않고
정해놓지 않으면서도 헤아릴 어디쯤이 있는

'나중에' 라는 말
나중에 다시 보겠지
나중에 다시 올게

지금 다 못한 마음이
어느 날 가득해지는
'나중에'

'나중에' 라는 말과 함께 아주 먼 훗날도
가까이에서 지극해지는

서리

서리를 맞는다고
다 삶기고 주저앉는 것만은 아니다
무는 서리를 맞아야 단맛을 품고 굵어간다
그러니 여름 무에 단맛이 없는 것은 당연하다
신기한 것은 무말랭이도 서리를 맞히며 말린 것이 달다
건조기에 말린 것은 매끈하긴 한데 단맛이 없어
엿물을 많이 넣어서 찬을 만든다
배추도 서리를 맞아야
튼실하게 알을 품는다
사과도 서리를 맞으며 굵어야
꿀이 박히고 빛깔이 곱게 들고
오랫동안 저장해도 맛을 유지한다
시금치도 그렇고 냉이도 그렇다
밖으로만 자라던 것이 어느 날
제 눈길을 내면으로 향하게 된다는 것
그래서 하얗게 서리 오신 날 아침은
참 순하다

혼자

소파에서 졸다가
방으로 들어갔는데 그새
잠 텅 비고

생생한
혼자다
나처럼 살고
나처럼 나이 먹은
혼자가
하도 쓸쓸하여

불을 켠다
불빛과 어둠 사이로 사라진다
혼자

말을 듣다가

쌀을 한 움큼 쥐고
손바닥에 한 알 두께로 수평을 치고
그 무게
그 색깔
그 냄새
알이 작은가
동가리 난 게 몇 갠가
쌀눈 상태는 어떤가
한 눈에 일별하면
그 쌀이 어떤 상태의 논에서 어떤 환경에서
어떤 근기根氣로 자랐는지까지 안다고 한다 차암—

사람을 치면
말이 그럴 터

영화 같은

벽이 거울로 된
체육관을 지날 때
앞서 가던 노인이
저기 봐 영화 장면처럼 멋있지 한다
몇 발자국 떨어져 오던
곱게 늙은 할머니
가리키는 거울을 바라보며
우리가 주연主演이네
말꼬리 흐리는데
정말 거울 그 속은 딴 세상이어서
자기를 향해 멋있다고 말한 한마디가
한없는 깨끗한 풍요가 된다
영화같이

생이 너무나 즐거운 까닭

아이가 친구를 불러
문어타기 하자고 한다
한 그네에 두 놈이 마주앉아
발 넷 손 넷이 되어 타는 것이다
그렇게 타는 방법은 오십 년 전에도 있던 것인데
아이들은 문어 흉내를 사실적으로 내며 즐거워한다

신기해서 아이에게 살살 물었다
놀랍다!
놀랍다!
지금부터 여섯 살짜리 아이 입에서 흘러나온 그네타기 방법 제목만 열거해 보면 문어타기, 말타기, 바이킹타기, 낙하산타기, 어부바타기, 아기안고타기, 열기구타기, 비행기타기, 헬리콥터타기, 캥거루타기, 토끼뛰기타기, 슈퍼맨타기, 여우타기, 아기캥거루타기, 얼룩말타기, 코끼리타기, 나무타기, 코뿔소타기, 고래타기, 상어타기, 물고기타기, 호랑이타기, 원숭이타기, 뱀타기, 오징어타기, 북극곰타기, 고릴라타기, 펭귄타기, 젖소타기, 돌고래타기, 오리타기, 발레타기, 초콜릿타기, 새타기, 두더지타기, 백사자타기, 개미타기, 흰동가리타기, 잠자리타기, 꽃게타기, 꿀벌타기, 앵무새타기, 해마타기, 백조타기, 커피타기

아이가 그네를 타는 것이 아니라
그네가 아이를 탄다
저, 무궁한 변신變身!
저, 끝없는 생의 능력!

아버지가 지으시던 밥

밑거름 뿌린 논에
소를 몰고 들어가 논을 삶는다
물이 너무 많아도
흙과 물이 따로 돌아
첨벙거리기만 하고
너무 적어도 써레가 잘 나가질 못하여
논 삶을 때 물은
밥 물 맞추듯 알맞게 물을 채우고
논 삶던 날에는
아버지도 소도 호흡을 잘 맞추어
어린아이 밥 비비듯
흙과 물이 한곳에
몰리지 않도록 잘 섞어야
부드럽고 물컹물컹하게 되어
모 심기도 좋고 잘 산다
물방개와 땅강아지 거머리도 한몫 거든다
유월이 되면 그들이 먼저 기다린다
아버지가 지으신 밥을

고구마를 생각했다

고구마가 표주박 모양인 것이 있다
자라다가 가뭄이 들어 낑낑대던 부분은 잘록해지고
비가 쏟아진 때부터는
불룩하게 자란 것이다
그래서 맛도 세 가지가 다 있다
앞부분은 밤고구마처럼 타박하고
잘록한 부분은 조금 질기고
나중에 뚱뚱해진 살은 물살이다
속일 수 없는 생이 두렵다가도
세 부분을 한 몸으로 묶고 있는
삶, 무섭다

잘 늙고 싶다

잡풀이 마른 밭둑에 잘 익은
호박씨네가 일가를 이루고 있다
달달한 생명의 물을 힘차게
길러 올리던 거무스름한 젖줄
한때는 뱀 머리처럼 추켜들고
앞뒤 가리지 않고 겁 없이 뻗어가며
두서너 마디 잔터울에
푸른 호두알 같은 새끼 매달고
비가 오면 떨어질까 햇볕에 마를세라
낭떠러지에 구를세라 가시에 찔릴세라
천둥 번개에 놀라서 병날까
밤낮 솜털 가시를 세우고
코끼리 귀 같은 잎을 방패막이로
남의 눈을 피하며 키웠을 것

가을 햇살에 빛나는 누런 황금 덩어리
양손으로 슬며시 안고서
마른 잎을 털어내며 생각한다
세상에 한 번 태어나서
저같이 많은 자손들을 모나지 않게

둥글둥글 잘 키울 수 있다면
내 늙어도 좋으리
내 늙어도 좋으리

청색青色의 깊이

밤이라고 하기엔 조금 밝고
낮이라고 하기엔 어두운
어슴푸레 밝은 서쪽 하늘을 카메라에 담았는데
참 신비롭다

오직 파란색의 그러데이션
검은 산 위로 오묘한 쪽빛에서부터
어두운 군청색까지
나는, 젊은 푸른색이 깊고 깊은 푸른색에게로
돌아가는 장면을 본 것인데

어쩌면 모든 존재에게는
끝이 있는 것이 아니라
더 깊은 자기만 있을 거라는 생각이
잠깐 짙푸르다
사라졌다

2부

나룻배 있는 겨울 강둑

메마른 강둑
나룻배 한 척 엎드려 있다

일할 나이에는
쉬는 일도 쉽지 않아
봄여름 지나 가을이 다 가도록
햇볕 한 번 못 보던
허연 엉덩이 뒤집어 놓고
겨울바람에
겨울 볕에
거무스름한 물이끼
말리고 있다

강둑 또한 고된 지난 살림 드러내놓고
거풍擧風 중이시다

봄 냄새

저기 앞산 능선이 갑자기 순해지고
햇살이 응달까지 질척하게 만들고
화장실과 두엄 냄새가 유독 뜨거워지고
도랑 옆으로 드문드문 돌미나리와 질경이들이 보이고 버드나무 가지 끝
살짝 불그스름하게 윤기가 돌고
외양간 소가 겨울 지낸 털갈이를 시작하고
마늘 밭 덮었던 짚을 태우기 위해 살짝 뒤집어 놓은 그 한낮
햇살의 봄 농사는 냄새로 시작되었다
엄마의 앞치마에서 나던 그—

깻잎에 대한 노래

욕심을 내서
깻잎을 차곡차곡 한 배낭 따왔다
가방을 여니 후끈한 깻잎 냄새
알고 있던 깻잎 냄새가 아니다
꺼내려고 들썩거리니 뜨끈뜨끈한 열이 확확 난다
더운 곳에 갔던 것도 아니고
그리 오랜 시간이 걸린 것도 아닌데
걱정이 돼서 들춰보니
속이 검게 떠버렸다
잘린 이파리가 스스로 열을 내어
겹겹이 서로를 덥힌 것인데
밭에서는, 저 열로 살았을 것이다
초록 열을 만들기 위해 온종일 햇살과 바람과
전쟁 같은 사랑을 하고
깨 익히기만을 향했을 것
이를테면 그 깻잎들은 제 속 비밀 임무를
스스로의 열로 지운 것이다
때로 내가 그랬던 것처럼

황금 마을을 보았다

흐린 날
고속버스 타고 충청도 어딜 지나는데
작은 마을 하나
햇볕에 고스란히 드러난다

다 어두운데
닭 알 품은 자리처럼
머문
빛이여

아직 추수 못한 논 하나
세상에서 처음 보는 크기의 금괴처럼
번쩍이고

하늘은 여전히 흐린데
스쳐간다
저 황금 마을을

무서리 내린 아침

담 밑으로 구절초 하얗고
배추는 알자리 잡느라 가까이 부둥켜안고
무는 몸집 키우느라 땅을 조금씩 넓혀가고
식전 텃밭에서 녹두를 따오시던 오십 년 전 젊은 엄마 치마
폭
무서리에 젖어 다리에 휘감기는데
주먹만 한 호박 매단 호박꽃
닥나무 밑에서 다행히 서리 피해 샛노랗게 웃던
시월 아침

트로트가 있는 풍경

저녁 무렵
밭일 하는 할머니가
환삼 넝쿨을 잡아채며
욕 섞어 푸념한다

지나던 등산객 세 명이 밭을 바라보고 앉아
신나는 트로트를 틀어 놓았다
보아 하니, 어르신 기분 푸시라는 뜻일 텐데

저만치서 염소들이
먹이 주는 주인 들으라고 울자
할머니가 누구 들으라는 듯
저놈들은 나만 보면 운다고 한소리 한다

뽕짝뽕짝
참 신기한 것은
트로트는 생의 모서리 품고서도
신나게 흘러갈 줄 안다

소나기

휘떡 뒤집혀 있던 콩잎

푸른 잎을 퉁소처럼 둘둘 말고 있던 옥수수

새끼줄처럼 배배 꼬여서 잎이 축 늘어졌던 호박 넝쿨

말뚝에 매어놓은 어미 소 옆에서 낮잠 자던 송아지

툇마루에서 단잠 든 아버지

확 일어나신다

후두둑

고요한 소나기

예전에는 소나기 오는 날 바쁜 것을 농 삼아

갑자기 비 쏟아지고, 다랑논 둑 막으러 가야 하고, 마당에 널어놓은 보리 걷어야 하고, 콩죽은 끓어 넘치고, 등에 업은 아이는 흘러내리고, 설사는 나려 하고, 대문 안으로 손님은 들어오시고 라고 하였는데

딸 집에 손녀와 함께 있는 오늘은

아파트 단지 한가득

조용하게
심심하게
소나기 오신다

가래골

가래골
사십 년 만에 가보았더니
집들이 통째로 칡넝쿨에 덮였다
사람이 들어와 살기 시작한 지 사백 년이 되었다던 마을이 숲으로
거반 다 숨어버리고 이제
집 한 채만 남고
한 사람만 남고
그이마저 떠나면
엄마의 자궁, 가래골은 사라질 것이다
찔레 순 껍질 까먹던
어린 금자도

페튜니아

버스 정류장 난간이 페튜니아 꽃으로 장식되었는데
원 세상에, 그 앞 쓰레기통에도 꽃이 한가득이다
꽃줄기가 뒷면 공간으로 들어와 마치 쓰레기통 화분처럼 활짝 핀 것인데
갑자기 생각났으니
오십 년 전, 조모 시모 다 살아 계시고 본처 자식 다섯 제가 낳은 아이 둘
그리고 남편은 곧 죽어 홀로 살림을 일구던 착하디착한
아파도 오직 빙긋한 웃음만 가지고 평생을 건넌 그녀
친척 결혼식장에서 장성한 자식들에 둘러싸여
진짜 한가득 웃던 그 꽃

원본은 없어지고

포르노테이프가 처음 유행할 때
동네 면사무소 비디오기기로 남자 몇 명이 모여 술을 먹으면서 봤나본데 그게 빨래터에서 아주머니들 수다로 퍼져나가
원본 내용은 없어지고
아무개 서기 표정은 어떻고
아무개 과장은 눈알이 어떻고
아무개 회장은 술이 코로 들어갔다는 등
요리조리 살이 붙어
감 익어가듯 좁은 마을
빨갛게 달궜으니

원본은 늘 사본 속에 묻혀
사본 중 하나가 되어
익게 마련인가보다

국수 나무

어른들의 눈은 단풍나무에 홀려
카메라로 고운 빛깔만 쫓아가는데
소풍 나온 유치원생들
단풍나무 밑을 스윽 지나가다가
수양버들 나무를 쳐다보고
한 아이가 와 수양버들 나무다 하고
소리 지른다 이때
돌멩이를 발로 차며
아무 관심도 없어 보이던 남자아이가
아니야 그건 국수 나무야!
순간 조잘거리던 아이들이
조용히 나무를 쳐다보고는
국수 나무 국수 나무 따라 한다
그걸 보고 있던 어른들도 갑자기 착해져
국수 나무 국수 나무 한다
나도 나무 한 번 쳐다보고
아래를 내려다보니
파란 국수를 술술 받아들인다
거대한 솥이 된 호수가

아름다움의 비밀

안개비 내리던 하늘에서
갑자기 해가 쨍 날 때
나는 암수 은행나무 두 그루를 보고 있었다

은행잎 물방울이
한 뼘 정도의 빛 막대기를
사방으로 뻗치는

아— 딴 세상

저 은행나무 평범하게 오늘을 살고
나도 오늘을 살고 있을 뿐인데
온통 빛 보석인 이 순간이여
아무래도 아름다움은 오래된 일상이 깊게 숨겨두었던 꿈을
잠깐 보게 되는 행운인 것 같다

암물 우물을 기억하다

논 한가운데
물빛이 사골 국물처럼 뽀얀 우물이 있었다
젖물 같아선지 암물이라고 불렀는데
주변에 왕골이 참 많았다
우물을 칠 때 안 것이지만
석벽 밑에 있는 맑고 차가운 숫물은
돌 사이에서 물줄기 하나가 뿜어져 나오는데
암물 우물은 물이 나오는 곳이 보이지 않는다
바닥까지 물을 싹 퍼내고
돌아서면 금방
어디서 나오는지도 모르게 자작자작 고이고
조금만 고여도 뿌옇게 바닥을 가려 볼 수 없다
암물이라 불린 게
그럴 만하다고 생각하면서도
절묘하다 논 가운데
왕골이 빙 둘러쳐지고
가뭄에도 마르지 않는 암물 우물이 있었으니

노을

뜬금없이
노을이
새파란 하늘의 속살처럼
보인 거다

육십 년 넘게 살면서 무수히 본 노을과 달리
새파란 하늘이 더 가깝게 보이고
그 깊숙이
붉은 빛
살짝 배어나온 듯

너무 기막혀
사진을 찍으려고 부시럭거리다가 다시 보니
그새 사라져 버리신 것인데

어찌 노을만일까
신비로웠던 사물의 어떤 순간은 다
알고 있는 것 너머다

3부

겨울 플라타너스

가로수 정비 때
잘라낸 플라타너스
남들은 흉하다고도 하지만
삼촌 손 같다
아버지와는 정반대로 농사만 지으셨던
커다란 옹이와 툭툭 불거지고 각진 마디
소가 하지 못하는 일
다 했던 손
나락 가마니를 들 때 그 손
볏짚 갈이 쌓을 때도 시루떡 괘 올리듯 반듯하게
맵시를 내던 일손
거기에서 먹을 것도 나오고
가끔 나의 머리를 쓰다듬기도 하던
그 억센, 한겨울도 단단히 움켜쥐고
봄으로 가던
삼촌의 손

아들과 손자

손자 첫 돌날이다
고등학교 사춘기 시절에
아버지 돌아가시고
야생마처럼 갈팡질팡 하던 아들
사십 되어 장가를 가도 왠지
물가에 세워 둔 어린아이마냥
위태로워 보였는데
오늘은 중년 아저씨가 되어
양가 어른들과 친구들 앞에서
엄청 철이 든 소리로 인사말을 한다
손자가 지 애비 잘 한다고
콧등을 찡그리며 웃어준다

손자가 내 아들
키운다

오뉴월 햇살

새참 내가려고
집에 들어가니
여섯 살짜리 아들과 앞집 여자애가
얼굴이 벌겋게 되어 마당을 비틀거리며 돌고 있는 것이다
아들놈은 작대기 하나 들고 하늘을 휘젓고
여자애는 히죽히죽 쓰레받기를 작대기로 두드리며
아차 싶어 부엌으로 뛰어 들어가 보니
부뚜막에 두었던 막걸리를 반 주전자 정도 먹어치운 것
한창 바쁠 때
찔레꽃 한창일 때
빈 마당에 오뉴월 햇살 배꼽 잡고 웃고 있었으니
아이 둘이 천상처럼 춤을 추고 있었으니

점점 굵어지는 말뚝

여름 장마에
다랑논 둑이 무너지면
아버지는 버드나무를 잘라 말뚝 박고
보수를 하였다
얼마 안 있으면
말뚝에서 가지가 나오고 잎이 핀다
버드나무 하얀 뼛속에는
무성한 뿌리의 집이 있어
흙과 엉켜 단단해지는 것
이제부터 말뚝이면서도 살아 있는 버드나무는
죽는 날까지 무성한 잎을 가질 수 없게
가지치기를 당할 것이지만
점점 굵어지는 말뚝이다

눈 온다

이장移葬하던 날
종일 변덕스럽게 눈 온다
잘 풀 먹여 다린
흰 광목 두루마기 펄럭이듯 하다가
옷고름 쌩쌩 날리듯 하다가
갑자기 한없이 고요한 흰 숨소리인 듯하다가
풀을 너무 먹여 뻣뻣한 옷자락 부딪치듯
와스락와스락 소리 내다가
마음 급하게
30년 동안 떨어져 있던 몸 합장하신다고 하늘 아버지 내려 오신다
흰 광목 두루마기 자락 펄럭이며
천지 하얗게
종일

왜 무섭지 않았을까

죽은 사람을 본다는 것
생각해 보니 처음이다
어머니 돌아가신 후에 얼굴도 만져보고
가슴에 손도 넣어봤다
하나도 무섭지 않다
칠팔십이 넘은 언니 오빠들과 염하는 과정을 지켜보았다
마지막쯤에 주머니 다섯 개에 노자 돈을 넣어 드리며 둥근 주머니는 엄마 하시고 귀주머니는 아버지 만나시거든 드리라고 당부한다
하나도 무섭지 않다
곱게 화장하신 어머니가 예뻤다
오랜 후에 엄마가 내 자식 엄마에게 오는 것 무서워하지 말라고
참 따뜻하게 눈 감고 계신다
하나도 무섭지 않아
더 눈물 났다

맛이 다르다

똑같은 된장 똑같은 고추와 두부를 넣고
찌개를 끓여도 맛이 다르다
시집 간 딸은 그것을 너무 신기해한다
한곳에서 배추를 사고 한 손으로 속을 만들어
양쪽 집에 나눠 주고 담게 했는데도
김치 맛이 다르다
손맛이라는 것이 있어
다를 것이라 생각하지만
가끔 그 신기함만큼이
내 삶이 아니었을까 생각한다
많은 것이 같았지만 달랐던 꼭 그만큼

아이는 자기 왕국을 돌본다

첫 돌 지난 아이 눈만 뜨면 집안을 뒤진다 장난감 바구니를 시작으로 문갑이며 싱크대 문을 열고 잘잘한 것은 입에 넣어 오물오물 씹고 큰 것은 빨아보고 마음에 들지 않으면 내던진다 장롱 밑 바퀴벌레 약까지 찾아내어 순서대로 어제 본 것 오늘 보고 입에 넣은 것 또 넣어보며 제 키 밑 왕국을 거느린 아이 어느 날 서랍을 열지 못하게 장치를 달아놓자 연구가 시작됐다 얼굴이 벌게지도록 하다가 안 되면 잠깐 딴짓하다가 다시 집요하다 온통 빨려 들어갈 듯 집중한다 모든 비밀은 겉모양에 있다는 듯 결국 장치를 풀고 서랍을 열었을 때 어제 보았던 것들을 손에 쥐고 아 아 소리치던 모습

힘을 빼라!

"힘 빼세요!" 그런데 어떻게 하는 게 힘을 빼는 것인가 맥을 놓으라는 것 같은데 어떻게 물 위에서 맥을 놓을 수 있는가 수영 강사가 등에 손을 받치고 힘을 빼라고 소리치지만 살려고, 몸은, 허둥댈 궁리, 다리에 힘이 들어가고 팔이 저절로 퍼덕거리고 금방 빠져버린다 기적같이 물 위에 뜨게 되었을 때 나는 정말 힘을 빼고 있었던 것인데 비록 물 위로 코와 입만 뾰족이 나왔지만 놀랍다, 몸을 끌어당긴다고만 생각했던 물이 미세한 힘으로 나를 밀고 있었던 것 내 힘을 빼자 나를 살려 줄 힘들이 밖에서 나를 살리려고 온 것이다

손녀가 배운 말

세 살배기 손녀가 말을 배웠다
'그렇구나'와 '근데'라는 말인데
재미있는지 아무 때나 쓴다, 한번은
길을 가다가
갑자기 업어 달라고 떼쓸 때
꼬부랑 할머니가 지팡이를 짚고 지나간다
손녀가 내 뒤로 숨길래
왜 그러냐고 했더니
—'근데' 무서워
괜찮아, 저 할머니도 아기 많이 업어서
허리 아파서 그런 거란다
'그렇구나'하고
뒤뚱거리며 내달린다
딱 맞게 쓴 것이다
무슨 말인지 알기나 한 듯이
저 가벼운 발걸음

물심이 터질 때는

삼사일 비가 쏟아지면
밭고랑에 전에 없던
조그마한 샘이 생긴다
더는 받아들이지 못할 때
속에 더 이상 담아두지 못할 때
땅 밖으로 솟아오르는 저것을
물심이 터졌다고 한다
솟아나는 물에 몽글몽글
좁쌀 같은 모래알들이 피어오른다
올라와서는 언저리로 밀려나
가라앉았다가 다시 돌아 오르는
곁에서 무어라 말해도 들리지 않는
순한 사랑의 마음처럼
햇살 받아 반짝인다
장마가 끝나면 이내 말라 버리겠지만
지금, 넘치는 것이다
물도 꽃처럼 아름답게 보이는
가장 짧은 생에서

동백冬柏

겨울바람 끝에
초록잎 탱탱하고
깊숙이 붉은 동백
그 안 노란 꽃술
이 셋이 한쪽으로는 품어서 껴안고
한쪽으로는 안겨서 품으며*
서로 귀해지니
햇빛이라도 펑 터지면
일순,
저희만 가득해라
아름다운 것은
서로를 안는 마음이어서
겨울도 붉어
따뜻하다

* 안오일 시 「품」에 "안겨 품는 것과 품어안기는 것이/ 하나가 될 때는"이란는 말이 있다.

돌넝쿨 나무라 부른다

절개면의 등나무가
초록 철옹성이 되었다
새 길 냈을 때는 거의 돌뿐이던 경사면
철망이 쳐지고 듬성듬성 등나무가 심겼다
암벽을 마주한 약한 외줄기들에게
자유의지란 것이 무엇일까
오직 하나. 넘어서 가는 것
피할 수 없는 위태로움과
하나가 되어버린 정신은
몸을 온통 뿌리로 바꾸는 것
돌 틈을 붙들고 돌 틈이 되어
돌을 묶는 돌넝쿨 나무가 되는 것
강철망보다 더 단단하게 엮어
비가 와도 녹슬지 않는 돌넝쿨 나무가 되는 것이다
이때는 어디서 왔는지 뿌리 같은 건 묻지 않을 것이다
이름도 꿈도 묻지 않고
눈빛 하나로만 손을 내밀 것이다
대개 장엄해지는 풍경이란
위험과 하나가 된 것들이다

낙숫물 생각

처마 아래 쪼그리고 앉아 낙숫물 흘러가는 물방울 터트리기, 낙숫물 손등으로 받다가 사마귀 생긴다고 어른들에게 한소리 듣기 그럴수록 몰래 하기, 꼬챙이로 낙숫물 고랑 치우기, 고랑 치우다가 예쁜 돌 줍기, 물을 막았다가 빵 터트리고 웃기, 낙숫물 피하면서 고랑 밟고 뛰기, 떨어지는 물을 작대기로 후려쳐 맞추기, 비가 그치고 지붕이 먹고 있던 물방울이 하나 둘 떨어질 때 '떨어져라!' 그 떨어지는 순간 맞추기, 떨어지는 물방울을 조준해 엄지손톱에 맞추기, 거기 다 어떤 재미들이 가득가득 살아 있어

쉴 새 없이 떠들고
무지무지하게 신중하고
까르르르 웃었으니

오십 년 너머에서도 아직
낙숫물 떨어진다

꽃이 꽃 본다

벚꽃 축제한다기에
손녀를 유모차에 태워 나갔다
아기는 꽃을 알기나 한 듯
손을 흔들며 웃다가
유모차 덮개를 발로 툭툭 차면서
오오옹 어어엉
알아들을 수 없는
말을 계속하고 있는데
지나가던 할머니 걸음 멈춰서
유모차 덮개를 열고
한참 아기를 들여다보시고는
'꽃이 피었다 하여 꽃구경 나왔더니
꽃은 여기에 들어있네'하고
웃으시는 할머니
꼬불꼬불한 하얀 머리
꽃 덩어리 이고 간다
활짝 핀 꽃 속으로

4부

끝없는 도전

이제 막 걷기 시작한 손자
짤뚝막한 다리로 집안을 헤집고 다닌다
제일 좋아하는 것은 스위치 누르는 일
김치냉장고 그릇세척기 세탁기 티브이에 매달려
땅콩만 한 엄지손가락으로
신중하다
아무리 불러도 뒤도 안 돌아본다
멀리 떼어 놓고 장난감도 주고
동요를 틀어줘도 잠시
다시 삐뚤삐뚤 걸어간다
작은 물건은 입으로 맛보고
큰 것은 흔들다가 던지고
머리를 바닥에 푹 숙이고
실룩실룩거리다가 씩 웃는다
어떤 세계가 만들어지고 있다
어떤 나라가 건설되고 있다
앞집 문 여닫는 소리에 귀를 쫑긋 세우고
음음하며 현관문 바라보며 일어선다
밖으로 나갈 기세다

뭐 먹고 싶어요

여섯 살 난 손녀가 며칠
심하게 토사를 하더니 축 늘어져서
꼼짝도 않으려고 한다
눈만 뜨면
통통거리며 거실에서 방으로 뛰어다니며 쭈꾸미만 한 손으로 그림을 그리고 가위로 자르고 블록을 쌓았다 무너뜨리고 싸우며 울고 떠들다가 조용하다 싶을 때에는 한쪽에 숨어서 일 저지르더니
아무것도 관심이 없다
집이 텅 빈 것 같다
밥 보고 손사래를 치며 돌아눕던 아이가
조금씩 입맛이 돌아오니 먹을 것만 찾는다
일어나자마자 우유 치즈 빵 과일 과자 게걸스럽게 먹는다
생명의 대형마트에 가서 온갖 먹을 것만 보고 왔는지
먹지 않던 것도 찾는다
회복기란 맛 하나를 더 배워
한 마디 더 채우는 성장이다

눈발을 보며

밖을 보니
온통 눈발이다
어제 김장 끝내기 잘했다고 생각하며
느긋하게 창밖을 보는데
손녀가 쪼르륵 달려와 큰소리로
할머니 눈 와요 눈 와요 한다
아이 눈길이 이미
눈발에 뒤섞이는데
너는 뭐하고 싶니 하고 묻자마자
밖에 나가고 싶어요
밖에 나가고 싶어요

나에게 오는 눈과
아이에게 오는 눈은 참 다르다
아인 늘 나의 밖이다

세 살 할머니

세 살 난 우리 손녀는요
하나를 가르치면
열 마디 말을 만들어요
이모부를 가르쳤더니
할미부 아빠부 엄마부
언니부도 하고요
이름만 부르다가
박서정이라 성을 가르쳤더니
온종일 박할머니 박아빠 박엄마 라고 하는 거예요
어때요, 우리 손녀 참 장하지요
나도 흐뭇하게 웃으며
세 살 할머니 되는 거예요

그 알 수 없는 웃음

여섯 살 난 손녀
할머니는 큰아빠 고모
우리 아빠를 낳으셨고
외할머니는 외삼촌 우리 엄마
이모를 낳으셨지요

푸히힛
(저—, 도저히 가늠이 안 되는 표정과 소리와 몸짓)

나는 아직 하나도
안 낳았어

엄마

다섯 살 난 손녀
엄마가 직장 다니니 으레
아침에 일어나도 할미만 찾는다
그런데 요 며칠 엄마 보고 싶다며 눈물 글썽이며
엄마에게 전화 걸어주세요 하며 찾았다
유난하다 싶었는데
이틀쯤 지나
손발에 붉은 반점이 돋는
수족구에 걸렸다

아주 작은 엄마가 자라시고 있다

이불을 꿰매고 있는데 여섯 살 손녀가
뛰어들어 아, 이쁘다며 뒹군다
지 애미가 할머니 힘들어 그러지 마 하자
벌떡 일어나 앉아서 지 애미를 새쭉하게 바라보며 한마디 한다
엄마도 좀 배워 그래야 나도 나중에 엄마한테 배우지
나와 딸은 깜짝 놀라 서로 얼굴만 보았다

나는 다 알아요

네 살배기 애가 뭘 잘못했는지
이것이 아무것도 모르면서 함부로 만진다고
제 어미가 큰소리를 내는데
손녀가 울면서 항변하듯
나도 알아요 나도 알아요 한다
우는 아이 달래려고 밖으로 나왔는데 비가 조금씩 내린다
손녀가 고개를 들고 하늘을 쳐다보며
할머니, 땅이 목말라서 비가 오는 거예요 한다
그걸 어떻게 알지 물으니
난 보면 알아요
보세요 저 나무도 비가 와서
좋다고 팔을 흔들잖아요
그래서 나는 다 알아요
아이의 얼굴이 펴지며 훨씬 가벼워진 듯한데
참 신성한 말이다
누구나 다 알고 있다 제 세계를

이렇게 네 삶을 사랑할 수 있느뇨

특별한 이유도 없이 우울한 날
다시는 오지 않을 이 소중한 시간을
왜 나는 이러고 있을까
멍청하게 앉아 있는데

블록 쌓기에 열중이던 손녀가
밥 먹고 싶다고 한다
밥을 먹이며 오디오를 틀었다
삶의 무게라는 묵직한 주제의 시낭송이 나오는데
팍팍한 삶이 눈앞에 펼쳐진다

그런데 세 살배기 손녀가 살살 어깨를 깝친다
내 귀에는 들리지도 않는 배경음악을 찾아서
무거운 선율도 다 떼어버리고 비트만 골라
방긋방긋 웃으며 춤을 추는 것이다
할머니는 내가 좋다 흥얼거리며

아— 좋다

하지夏至

세 살배기 손녀
놀이터에서 신나게 놀았다
돌아와 밥 알 동동 뜨는 감주를 한 그릇 주니
땀방울 송글송글한 얼굴
저 혼자 먹겠다며
빨간 입술을 살짝 박고
콧짐 쌕쌕거리며
떠다니는 밥 알갱이를 살짝살짝 밀어내며
물만 쪽쪽 빨아들인다

누구에게 배운 것일까

한나절 모 심을 논 삶던 소가
찔레꽃잎 하얗게 덮힌 도랑가에 다가가
콧구멍 벌렁벌렁거리며 쐣— 쐣— 꽃잎을 밀어내며
물만 들이키던
저 모습이라니

몰라, 라는 말의 거처

손녀가 문손잡이를 돌려 열 줄 알게 된 어느 날이었다
할머니 쉬―, 하고는
화장실에 들어가
한참 시원하게 볼일을 보고 있는데
뭔가 문 쪽이 이상해 고개를 돌려보니
빨끔히 빗신 문틈
어둠 속
반짝반짝 빛나는 새까만 눈동자
딱 마주친 것인데
참으로 알 수 없었던 것은
세 살배기 손녀가 고개를 도리질하며
하는 말

몰라, 몰라, 몰라.

기싸움을 하면서 큰다

예순두 살 먹은 할머니와
두 돌 지난 손주가
기싸움을 한다
가끔은 손주놈이 똥을 싸놓고 버틸 때가 있으니
두 발을 한 손으로 잡아들고 한 손으로는 문제를 해결해야 하는데
힘자랑하려는 것인지 발버둥 치며 발을 내지르는 것
발바닥을 한차례 맞고
그 기싸움은
아이가 우는 것으로 끝나지만
매번 후회를 하는 것은
나도 엄마가 늙어 누워 계실 때까지
조금씩 이겨먹으며
여기까지 왔다

발에 대한 기억

아기가 걸음마를 배울 때 모서리에 채여 넘어져 울길래 어디가 아프냐고 물으니 발을 들고 쳐다본다 외부 상처도 없어 손으로 살살 부벼주고 입김으로 호호 해준 것이 전부였는데 벌떡 일어나 걸어 다니며 잘 논다 그 날 이후 아기는 문틈에 손이 찌이거나 머리를 부딪쳐도 어디가 아프냐고 물으면 조막만 한 발을 들이댄다 처음 치료에 대한 기억이 모든 고통을 발끝으로 보낸다는 게 신기하다가도 천천히 머릿속에 아픈 자리라는 방이 만들어질 것을 생각하니 순금純金의 시간이다 하루 종일 뛰어다니는 저 작은 발이

올림픽 수영장은 악어다

세 살짜리가
엄마, 아빠, 응 소리만 할 줄 아는 두 살짜리를 데리고
이 것 저 것 말을 가르친다
이건 꽃이야 — 응
이건 자동차야 — 응
그러다가 올림픽 수영장을 손가락으로 가리키더니
저건 악어야 — 응
깜짝 놀라서 쳐다보니
그런 것 같기도 하고
하도 신기해 사진을 찍어가지고 와서
사람들에게 물었더니
진짜 악어 같다고 하고
매기 같다고도 하고
어쨌든 세 살짜리 아이에겐 악어가 되어 살고 있는 올림픽 수영장
나도 두 살짜리 애처럼
응, 한다
착하게

발문

아이에게 배우는 생의 명령

오철수 (시인, 문학평론가)

우선 이 말부터 해야겠습니다. 『생이 너무나 즐거운 까닭』은 행복론이 아닙니다. 그러니 당연하게 행복을 목표로 삼지 않습니다. 시인은 생이 즐거웠던 사례를 형상화의 재료로 하여 삶이 즐거움이 되게 하는 방법을 말하려고 합니다. 실제로 시인에게 즐거움은 일관되게 생을 생답게 살 때 보답처럼 주어지는 어떤 것입니다. 따라서 『생이 너무나 즐거운 까닭』은 삶을 삶답게 만드는 실천이고, 이번 시집은 바로 그런 실천의 모든 순간이 불려나와 내용을 이룹니다. 사실 저는 시인의 첫 번째 시집 『목화꽃은 세 번 핀다』도 「삶이 삶을 가르친다, 더 잘 살라고!」라는 제목으로 발문을 썼는데, 그 시집에서의 최대 관심사도 삶이었습니다. 하지만 커다란 차이는 이번 시집에서는 아이들을 소재로 한 시가 많고, 첫 번째 시집에서 중요 관심이었던 삶의 지혜를 아직 때 묻지 않은 아이들의 생명적 본능과 본성으로부터 찾아내어 서정화한다는 것입니다. 이럴 수밖에 없었던 까닭은 그녀가 할머니로서 육아와 보육에 참여하기 때문입니다. 한 살림을 일구기 위해 육십 평생을 살았으면 이제쯤 자기를 위한 노년이어야 하는데 그러지 못하는 것은 안타깝지만, 이번 시집을 읽으며 그녀가 손주들을 돌보게 된 것은 시세계를 위해서 오히려 축복 같습니다.

그래서 이번 글은 아이들 소재의 시(시집의 4부)를 중심으로, 그들이 보여주는 생의 진면목을 통해, 생이 생이기 위한 '생명적 명령'이라는 테마를 짚어보려고 합니다. 이런 이해를 위해 꼭 필요한 마음가짐 하나가 어른들도 아이들과 마찬가지로 저만의 지극히 제한된 세계(혹은 어른식의 동화세계)를 살고 있다는 사실을 인정하는 것입니다.

다음 시를 보겠습니다.

네 살배기 애가 뭘 잘못했는지
이것이 아무것도 모르면서 함부로 만진다고
제 어미가 큰소리를 내는데
손녀가 울면서 항변하듯
나도 알아요 나도 알아요 한다
우는 아이 달래려고 밖으로 나왔는데 비가 조금씩 내린다
손녀가 고개를 들고 하늘을 쳐다보며
할머니, 땅이 목말라서 비가 오는 거예요 한다
그걸 어떻게 알지 물으니
난 보면 알아요

보세요 저 나무도 비가 와서
좋다고 팔을 흔들잖아요
그래서 나는 다 알아요
아이의 얼굴이 펴지며 훨씬 가벼워진 듯한데
참 신성한 말이다
누구나 다 알고 있다 제 세계를
—「나는 다 알아요」 전문

"나도 알아요 나도 알아요", "난 보면 알아요", "그래서 나는 다 알아요"라는 말을 곰곰이 생각해 봅니다. 이 말은 엄마의 앎에 의해 자기가 부정당했기에 항변하듯이 한 말입니다. 그런데 참 절묘한 것은, 손녀의 그 '앎'이란 것이 어른의 '앎'에 대해 반성하게 한다는 점입니다. 할머니 눈에는 손녀의 앎이 더 진실되고 "참 신성한 말"로 여겨집니다. 그 이유는, 어른의 앎에는 터무니없게도 이미 '이렇게 해야 한다'는 명령이 포함되어 있기 때문입니다. 실제로 "아무것도 모르면서 함부로 만진다고/제 어미가 큰소리"를 냈다는 구절에서, '아무것도 모른다'와 '함부로 만진다'와 '큰소리를 낸다'는 세 국면은 쉽게 그리고 자연스럽게 연결될 수 있는 성질의 것들이 아닙니다. 왜냐하면 '아무것도 모른다'는 앎의 문제이고, '함부로 만진다'는 행위의 문제이고, '큰소리를 낸다'는 가치판단에 의한 표현문제이기 때문입니다. 이것이 인과적으로 쉽게 연결된다는 것이 오히려 신기한 일이지만 우리는 그를 '당연하게 받아들이며' 삽니다. 당연하다는 것은 습관이 되어서일 겁니다. 예를 들어 '학생이면 공

부나 해야지' 하는 식으로 말입니다. 그런데 "나도 알아요"라는 말이 그런 어른들의 습관에 제동을 걸고, 그런 앎에 대해 고쳐 생각하게 합니다. "우는 아이 달래려고 밖으로 나왔는데 비가 조금씩 내린다/ 손녀가 고개를 들고 하늘을 쳐다보며/ 할머니, 땅이 목말라서 비가 오는 거예요 한다/ 그걸 어떻게 알지 물으니/ 난 보면 알아요/ 보세요 저 나무도 비가 와서/ 좋다고 팔을 흔들잖아요"라는 예를 생각해 보십시오. 어른들은 아이들의 이런 앎을 동화(童話) 같다고 말할 것입니다. 까닭은 처음부터 끝까지 주관적이고 환상적이기 때문입니다. 그렇다면 어른들이 비 오는 것을 객관적이고 과학적으로 말한다고 해서 동화에서 벗어날 수 있을까요? 그리고 그것이 정말 객관적이고 과학적인 것일까? 그렇지 않을지도 모릅니다. 실제로 비가 오는 연유, 그 수많은 인연을 우리가 어떻게 알 수 있으며 설명할 수 있겠습니까. 그것 역시 인과성에 기초한 패러다임이라는 믿음에 근거한 설명일 뿐, 그래서 어른들의 동화일 뿐입니다. 오히려 자기의 앎을 객관적이고 과학적이라고 말하며 '옳고/그름'이라는 틀을 앞세우는 것이 더 큰 문제일지 모릅니다. 그래서 손녀의 "나도 알아요"라는 말에는 1) 앎은 나에게서 파생하며, 2) 앎은 모두 자신의 동화 같은 세계를 구성하며, 3) 앎은 나누는 것이지 침해하는 것일 수 없으며, 4) 앎은 옳고 그름의 판별이 아니라 삶의 풍요에 봉사해야 한다는 본성적 생각이 배어 있는 것입니다. 그래서 "나도 알아요"라는 말을 시인은 "신성한 말"이라고 합니다. 우리가 살고 있는 이 세계란 바로 그 신성함의 수많은 세계들이 서로를 나누는 곳이라는 생각을 한 것입니다.

그러니 결코 덜 찬 아이들의 이야기가 아닙니다. 오히려 아이로부터 배우는 생의 지혜이고, 생이 생이게 하는 '생의 명령'입니다. 아이든 어른이든 우리는 "제 세계를" 알고 있고, 그렇기에 자신을 제외한 무수히 많은 '다른 세계'를 인정해야 하고, 저마다 동화의 그 세계를 다른 세계에 함께 나누며 풍요를 지향해야 한다는데 어찌 그것이 아이들 이야기겠습니까. 그것도 함께 나눌 때는 큰소리 내지 않고 호기심과 풍요로운 관심 – "푸히힛/ 저–, 도저히 가늠이 안 되는 표정과 소리와 몸짓"(「그 알 수 없는 웃음」에서) – 으로 해야 한다는데!

그럼 이제부터 때 묻지 않은 아이들의 본성이 가르치는 생의 명령은 무엇일까 찾아가 보겠습니다.

1. 자기 생명적 힘으로 자기를 만들어가라!

'네 힘으로 너를 만들어가라!'고 말하면 너무나 당연하다고 생각하고 또 그럴 수밖에 없지 않느냐고 생각하기 쉽습니다. 하지만 정말 그럴까요? 진정 내가 내 손으로 직접 만져보고 내 몸으로 느끼고 내 머리로 생각하고 내 삶으로 가치 평가하여 배치한 그런 세계로 나를 만들어가는 것일까요? 혹시 남들이 말하는 가치로 나를 채워가며 나의 생명을 배반하는 삶을 사는 것은 아닐까요? 그렇다면 도대체 우리는 왜 그랬고 또 그렇게 해서 즐거운 삶이었던가요?

이유야 어떻든 우리는 "아무것도 모르면서 함부로 만진다고/ 제 어미가 큰소리를" 낼 때 조용히 찌그러지는 것보다 "나도 알아요"라고 말하는 것에서 생명적인 힘을 느끼고 믿음직한 하나의 생을 봅니다. 왜냐하면 남이 가르쳐준 대로 자기를 만든다는 것은 어쨌든 자기부정이라는 것을 알기 때문입니다. 건강한 생명은 자기의 손을 뻗쳐서 제 손가락으로 찔러보고 맛보고 재배하며 이 세상을 자기 것으로 만듭니다.

다음 시가 이런 고민에 다가섭니다.

이제 막 걷기 시작한 손자
짤뚝막한 다리로 집안을 헤집고 다닌다
제일 좋아하는 것은 스위치 누르는 일
김치냉장고 그릇세척기 세탁기 티브이에 매달려
땅콩만 한 엄지손가락으로
신중하다
아무리 불러도 뒤도 안 돌아본다
멀리 떼어 놓고 장난감도 주고
동요를 틀어줘도 잠시
다시 삐뚤삐뚤 걸어간다
작은 물건은 입으로 맛보고
큰 것은 흔들다가 던지고
머리를 바닥에 푹 숙이고
실룩실룩거리다가 씩 웃는다
어떤 세계가 만들어지고 있다

어떤 나라가 건설되고 있다
앞집 문 여닫는 소리에 귀를 쫑긋 세우고
음음하며 현관문 바라보며 일어선다
밖으로 나갈 기세다
—「끝없는 도전」 전문

눈 뜨고 있는 모든 시간이 자기 세계를 만들고 있는 시간입니다. 자기 생명의 힘과 감각을 동원하여 저만의 세계를 구성하며 자기를 만듭니다. 손으로 만지고 눌러보고, "작은 물건은 입으로 맛보고/ 큰 것은 흔들다가 던지고", "귀를 쫑긋"하며 이 세계를 불러 모읍니다. 이 일에 얼마나 집중하는지 "신중하다/ 아무리 불러도 뒤도 안 돌아본다/ 멀리 떼어 놓고 장난감도 주고/ 동요를 틀어줘도 잠시/ 다시 삐뚤삐뚤 걸어간다"는 모습입니다. 이런 엄청난 집중적 활동을 통해 '나에게 의미 있는 세계'가 만들어지고, 그런 세계를 가진 아이가 되는 것입니다. 그렇기에 그 세계에는 아이의 생존에 의한 가치가 매겨져 있습니다. 또 그런 가치에 의해서만 구성된 자기가 되는 것입니다. 그래서 시인도 이 활동을 "어떤 세계가 만들어지고 있다/ 어떤 나라가 건설되고 있다"고 생각합니다. 사지를 움직이는 어떤 본능적 힘이 정말 지칠 줄 모르는 관심과 구체적인 체험을 수행하며 '나'라는 "나라"를 건설하는 것입니다. 이렇게 자기의 생명적 힘에 의해 가치 평가된, 다시 말해 생존의 가치가 새겨진 '가치 평가의 체계'가 되어가는 것입니다.

이렇게 우리는 자기의 생명적 힘으로 자기의 가치 평가체계를 만들어 가집니다. 한데 언제부턴가 나의 세계에 내 것이 아닌 게 들어오기 시작했고, 점점 많아지고, 거의 전부가 내 것이 아닌 세계를 갖게 됩니다. 이 말은 결국 내가 내 생명을 갖고도 내가 아닌 사람, 삶, 사랑이 된다는 말과 같습니다. 터무니없는 말 같지만 실제로 이 시대의 사람들은 자기의 생명과 삶과 사랑을 살지 못한다는 생각이 들곤 합니다.

그래서 시인도 다음과 같은 시를 썼을 것입니다.

고구마가 표주박 모양인 것이 있다
자라다가 가뭄이 들어 낑낑대던 부분은 잘록해지고
비가 쏟아진 때부터는
불룩하게 자란 것이다
그래서 맛도 세 가지가 다 있다
앞부분은 밤고구마처럼 타박하고
잘록한 부분은 조금 질기고
나중에 뚱뚱해진 살은 물살이다
속일 수 없는 생이 두렵다가도
세 부분을 한 몸으로 묶고 있는
삶, 무섭다
—「고구마를 생각했다」 전문

이 얼마나 정직한 자기 역사입니까. 고구마야말로 자기의 생명적 힘으로 자기를 만들었습니다. 하도 정직하게 몸으로 드러나 "속일 수 없는 생"이라는 것이 두렵다는 생각이 듭니다. 생은 숨기고 속일 수 있는 것이 없다는 것, 삶이 그 자체로 자기 생명적 힘의 출현이고 표현이라는 것은 두려운 일입니다. 하지만 더 두려운 것은, 그럼에도 불구하고 삶은 그런 법(法)조차 어떤 편견도 없이 묶고 있다는 사실입니다. 그래서 "삶, 무섭다" 입니다.

다시 한 번 더 묻겠습니다. 삶을 무섭다고 말하는 까닭이 무엇이겠습니까?

— 앎의 문제를 넘어 그것을 묶는 것으로 삶이 있다는 것입니다.

삶은 생이 두렵다고 말하는 정신조차 삶의 한 요소로 데리고 삽니다.

그렇다면 앎으로 삶을 조정하는 것일 수 없습니다. 오히려 모든 권리는 삶에 있는 것이고, 삶으로만 정당성은 확보될 뿐입니다. 이를 확대시켜 말하면 1) 생의 가치의 기준은 이념이나 앎이 아니라 그것을 묶고 있는 삶이라는 것이고, 2) 삶만이 모든 정당함의 원천이고 그 권리를 갖는 게 마땅하다는 것 — "삶, 무섭다"로 보아 — 이고, 3) 삶의 정당함은 그의 삶에 대한 사랑 — "앞부분은 밤고구마처럼 타박하고/ 잘록한 부분은 조금 질기고/ 나중에 뚱뚱해진 살은 물살"로 만드는 최고의 노력 — 에 의해서만 있는 것이고, 4) 철저함이라는 의식적인 마음조차 넘어선 순진무구한 자기애(自己愛)로서 자기 삶을 만드는 것만이 진정한 삶이라는 것입니다.

그러니 뭐만 남겠습니까?

— 최선의 삶뿐입니다.

우리는 종종 어디서 본 현자의 말들이나 과학을 빙자한 말들을 자기 것처럼 받들곤 합니다. 하지만 그들이 말하는 생의 법이라는 것은 우선 나의 것이 아니고, 또 “작은 물건은 입으로 맛보고/ 큰 것은 흔들다가 던지”듯 나의 가치 평가를 거친 것이 아니기에 조심해야 합니다. 거기에 덧붙여 또 하나의 이유를 고구마의 경우로 말하면, “가뭄이 들어 낑낑대던 부분”에서의 가치 평가와 “비가 쏟아진 때부터”의 가치 평가가 확연히 다를 것이기 때문입니다. 그러니 생의 지혜라는 것도 삶이 묶는 것이고, 더 중요하게는 내 삶만이 묶을 수 있는 것입니다.

2. 생명적 리듬을 찾고 만들라!

아이들이 이 세계에 촉구하는 또 하나의 생명적 명령은 ‘생명적 리듬을 찾고 만들라’는 것입니다. 삶이 아무리 어렵고 힘들어도 생명적 리듬을 돈의 리듬으로 바꾸지도 말고 또 다른 물질적 가치의 리듬으로도 바꾸지 말라는 것입니다. 왜? 그러면 일단 생명이 병들거나 도구로만 찍어져 나오기 때문입니다. 그렇다면 우리의 사회는 이미 매우 깊은 병체(病體)입니다. 왜냐하면 거대한 자본이라는 괴물의 가치를 중심으로 돌아가고 그 복종의 상벌체계이기 때문입니다. 이런 병체에서의 생명의 하늘은 음울할 수밖에 없습니다. 생명들이 허무라는 정신병원을 가슴에 하나씩 짓고 사는 형국입니다.

그래서 더욱 생명적 ‘짓’을 해야 합니다.

생명이란 '생명짓' 외로 따로 있는 것이 아닙니다.

다음 시에서 정말 아름다운, 이 자본 괴물의 세계를 부술 수 있는, 카오스이론에서 말하는 나비의 날갯짓 같은 한 생명의 '생명짓'—생명적 리듬을 찾고 만드는 모습을 감상해 보십시오.

특별한 이유도 없이 우울한 날
다시는 오지 않을 이 소중한 시간을
왜 나는 이러고 있을까
멍청하게 앉아 있는데

블록 쌓기에 열중이던 손녀가
밥 먹고 싶다고 한다
밥을 먹이며 오디오를 틀었다
삶의 무게라는 묵직한 주제의 시낭송이 나오는데
팍팍한 삶이 눈앞에 펼쳐진다

그런데 세 살배기 손녀가 살살 어깨를 깝친다
내 귀에는 들리지도 않는 배경음악을 찾아서
무거운 선율도 다 떼어버리고 비트만 골라
방긋방긋 웃으며 춤을 추는 것이다
할머니는 내가 좋다 흥얼거리며

아— 좋다

―「이렇게 네 삶을 사랑할 수 있느뇨」 전문

저는 이 시를 읽으며 실제로 "세 살배기 손녀가 살살 어깨를 깝친다"고 한 그 생명짓을 흉내내듯 해보았습니다. "특별한 이유도 없이 우울한 날/ 다시는 오지 않을 이 소중한 시간을/ 왜 나는 이러고 있을까" 하며 "삶의 무게"에 짓눌려 주저앉아 있던 제가 저 아이처럼 자기를 살리는 어떤 리듬을 찾아본 것입니다. 내가 아직 살아 있음으로 움직이는 내 생명에 집중하여 삶의 무게 속에서도 나의 생명적 움직임에 호응하는 생명적 리듬을 찾아본 것입니다. "내 귀에는 들리지도 않는 배경음악을 찾아서/ 무거운 선율도 다 떼어버리고 비트만 골라" 그에 공진하듯이 말입니다. 그렇게 공진하는 자기를 한 번 더 긍정하듯이 "할머니는 내가 좋다"는 흥얼거림에 해당하는 말, '나는 삶을 사랑한다'를 실제로 중얼거리며 말입니다.

그리고 생각했습니다. 우리는 정말 생명만 찾아야 하고 생명의 리듬을 만들어야 합니다.

예전에 티브이에서 자기에게 맞는 음식을 찾는 방법으로 오링테스트라는 간단한 기법을 본 적이 있는데, 생명이 생명을 부르는 관계도 이와 다르지 않습니다. 아이는 지금 자기를 짓누르는 무거움에 저항하기 위해 그 무거움 속에서 생명적 비트를 찾아내고 그것에 자기 생명을 접속하여 살살 어깨를 깝칩니다. 생명적 리듬을 만들어내는 것입니다.

정말이지 생명적 몸짓을 위해 많은 것이 필요한 것이 아닙니다. 단순한 박자만 있어도 생명은 춤출 줄 압니다. 그렇게 생명적 리듬을 찾아 생명적이게 만드는 것입니다. 아주 오래전 니체가 "나는 자문해본다. : 도대체 진정 내 몸 전체는 음악에 무엇을 원하는가? 영혼이 아니라, 영혼은 없는 것이니 …… 내 몸은 음악에 의해 가벼워지기를 바란다는 생각이 든다. : 마치 모든 동물적인 기능들이 가볍고, 대담하며, 거칠 것이 없으며 자기 확신적 리듬에 의해 촉진되어야만 한다는 듯이, 마치 청동 같은 삶, 납 같은 삶이 황금빛 부드러운 기름처럼 매끄러운 멜로디에 의해 자기의 무게를 잃어버려야만 한다는 듯이. 내 우울은 완전성에 몸을 숨기고 완전성의 심연에서 편히 쉬기를 원한다. ; 그러기 위해 나에게는 음악이 필요하다."(〈내가 반박하는 곳〉, 「니체 대 바그너」, 『니체 전집 15』)고 했을 때의 그 음악이란 바로 시인의 손녀가 찾아내고 만든 그 생명짓으로의 생명적 리듬이고 춤입니다. 거기에 몸과 마음을 싣는 것입니다.

그때 생명의 세계는 이구동성으로 "아— 좋다"고 말합니다.

그래서 시인은 묻습니다.

— '이렇게 네 삶을 사랑할 수 있느뇨?'라고.

우리가 삶을 사랑한다는 것은 추상적인 것이 아닙니다. 매우 구체적이고 단순한 하나의 행위를 선택하고 실천하며 이어가는 것입니다. 그 선택을 생명 쪽으로 할 때, 자기를 가볍게 해주는 쪽으로 할 때 생명적 삶이 되는 것입니다.

이런 생명의 공진 현상을 저는 다음 시에서도 대자연의 합창으로 느낍니다.

저기 앞산 능선이 갑자기 순해지고

햇살이 응달까지 질척하게 만들고
화장실과 두엄 냄새가 유독 뜨거워지고
도랑 옆으로 드문드문 돌미나리와 질경이들이 보이고 버드나무
가지 끝
살짝 불그스름하게 윤기가 돌고
외양간 소가 겨울 지낸 털갈이를 시작하고
마늘 밭 덮었던 짚을 태우기 위해 살짝 뒤집어 놓은 그 한낮
햇살의 봄 농사는 냄새로 시작되었다
엄마의 앞치마에서 나던 그—
—「봄 냄새」 전문

봄이라는 생명적 현상이 일어나는 과정을 보십시오. 어느 날 문득 앞산 능선이 갑자기 순해진 느낌이 듭니다. 겨울이라는 차갑고 딱딱하고 각진 느낌이 사뭇 부드러워지는 것입니다. 그때쯤이면 응달까지 질척해집니다. 얼었던 것이 녹으면서 독특한 냄새를 냅니다. 거기에 화장실과 두엄 냄새가 확실하게 더해집니다. 겨울을 난 똥 냄새는 생똥 냄새와 달리 부드럽다고 합니다. 얼었던 것이 녹으면서 가벼운 것이 먼저 움직이고, 이 움직임이 서로를 불러냅니다. 자연의 기막힐 정도로 정확한 기억력들이 봄기운의 리듬을 만들어내고 이것들이 공진하며 생명을 틔우고 기르는 실제의 봄 농사로 변합니다.

이렇게 냄새로부터 시작되는 생명적 리듬과 그들의 공진 그리고 실제로 봄 농사로 이어지는 관계를 알기에, 손녀가 자기에게 유리한 박자를 찾아 무거움을 가벼움으로 바꾸는 것의

의미를 짚어낼 수 있었던 것입니다.

생명을 살리는 사람은 생명으로 열려 있습니다.

생명이고자 하는 존재들은 본능적으로 생명이 오는 것을 기뻐하고 죽음이 오는 것을 싫어합니다.

3. 네 생명이 즐겁도록 창조하라!

왜 생명적 리듬을 찾고 만듭니까?

— 생명은 본능적으로 더 멋진 자기를 원하고 그렇게 할 때 기쁘기 때문입니다.

잘 아시겠지만 아이들은 재미없으면 움직이지 않습니다. 이 때의 재미란 자기를 적극적으로 표현하고 성취하는 것에서 생겨나는 마음상태입니다. 적극적으로 표현하는 것은 생명의 본성이고, 그래서 조금 어렵더라도 집중하여 성취에 이르고, 그런 자기를 즐기며 그런 즐거움으로 다시 어려움을 찾는 것입니다. "어느 날 서랍을 열지 못하게 장치를 달아놓자 연구가 시작됐다 얼굴이 벌게지도록 하다가 안 되면 잠깐 딴짓하다가 다시 집요하다 온통 빨려 들어갈 듯 집중한다 모든 비밀은 겉모양에 있다는 듯 결국 장치를 풀고 서랍을 열었을 때 어제 보았던 것들을 손에 쥐고 아 아 소리치던 모습"!(「아이는 자기 왕국을 돌본다」에서). 이렇게 생명은 어려움을 극복하며 한 뼘씩 자라는 것이며, 이 재미는 그가 생명인 한 버릴 수 없는 재미입니다. 실제로 그것이 '더 멋진 자기를 던지고, 그 멋진 자기를 당기는' 반복으로의 생명살이를 합니다. 이것이 잘 안 되고 힘들어질 때 생명은 병듭니다.

싱싱한 생명은 자기를 유희하듯 새로움을 만들고 생명의 능력으로 저장하며 나아갑니다.

다음 시를 읽으며 그런 생각을 해봅니다.

아이가 친구를 불러
문어타기 하자고 한다
한 그네에 두 놈이 마주앉아
발 넷 손 넷이 되어 타는 것이다
그렇게 타는 방법은 오십 년 전에도 있던 것인데
아이들은 문어 흉내를 사실적으로 내며 즐거워한다
신기해서 아이에게 살살 물었다

놀랍다!
놀랍다!
지금부터 여섯 살짜리 아이 입에서 흘러나온 그네타기 방법 제목만 열거해 보면 문어타기, 말타기, 바이킹타기, 낙하산타기, 어부바타기, 아기안고타기, 열기구타기, 비행기타기, 헬리콥터타기, 캥거루타기, 토끼뛰기타기, 슈퍼맨타기, 여우타기, 아기캥거루타기, 얼룩말타기, 코끼리타기, 나무타기, 코뿔소타기, 고래타기, 상어타기, 물고기타기, 호랑이타기, 원숭이타기, 뱀타기, 오징어타기, 북극곰타기, 고릴라타기, 펭귄타기, 젖소타기, 돌고래타기, 오리타기, 발레타기, 초콜릿타기, 새타기, 두더지타

기, 백사자타기, 개미타기, 흰동가리타기, 잠자리타기, 꽃게타기,
꿀벌타기, 앵무새타기, 해마타기, 백조타기, 커피타기

아이가 그네를 타는 것이 아니라
그네가 아이를 탄다
저, 무궁한 변신(變身)!
저, 끝없는 생의 능력!
—「생이 너무나 즐거운 까닭」 전문

그네를 타는 방법이 이렇게 많다니 놀라울 뿐입니다.

척 봐도 아시겠지만 아이들은 그네를 타고 논다기보다 자기의 능력을 타고 논다고 해야 맞을 것입니다. 그를 "아이가 그네를 타는 것이 아니라/ 그네가 아이를 탄다"고 말합니다. 사실상 그네가 아이들의 능력으로 변하는 놀이를 하는 것입니다.

자, 그럼 아이는 왜 이런 다양한 그네 타기를 하게 되었을까요?

— 그네가 규정한 형식이 지루해서였을 겁니다.

그래서 넘치는 생명이 어떻게 대응합니까?

— 규정을 창안합니다.

이때 중요한 것은, 재미와 생명의 적극적 표현으로의 능력입니다. 물론 그것이 조금 어려울 수도 있지만 아이들은 해냅니다. 왜냐하면 그것이 생명적 확장이고 즐거움이기 때문입니다. 그 즐거움이 또한 새로운 타기 방법을 발명합니다.

이쯤 되면 그네 타기는 그네 타기가 아니라 사실상 능력의

타기입니다.

그래서 시인은 "저, 무궁한 변신(變身)!/ 저, 끝없는 생의 능력!"이라고 감정을 토로합니다.

이런 게 생명적 능력입니다.

자기 생명 능력에 적합하게 바꾸는 것! 새롭게 창안하는 것! 그를 통해 스스로도 더 능력있는 생명이 되어가는 것!

곰곰이 생각해 보니 60년 전 시인 자신도 그렇게 컸습니다.

처마 아래 쪼그리고 앉아 낙숫물 흘러가는 물방울 터트리기, 낙숫물 손등으로 받다가 사마귀 생긴다고 어른들에게 한소리 듣기 그럴수록 몰래 하기, 꼬챙이로 낙숫물 고랑 치우기, 고랑 치우다가 예쁜 돌 줍기, 물을 막았다가 빵 터트리고 웃기, 낙숫물 피하면서 고랑 밟고 뛰기, 떨어지는 물을 작대기로 후려쳐 맞추기, 비가 그치고 지붕이 먹고 있던 물방울이 하나 둘 떨어질 때 '떨어져라!' 그 떨어지는 순간 맞추기, 떨어지는 물방울을 조준해 엄지손톱에 맞추기, 거기 다 어떤 재미들이 가득가득 살아 있어
쉴 새 없이 떠들고
무지무지하게 신중하고
까르르르 웃었으니

오십 년 너머에서도 아직
낙숫물 떨어진다
—「낙숫물 생각」 전문

낙숫물과 놀기 종목들을 보십시오. 아마 다른 아이들의 경험까지 들어가면 종목이 더 많을 것입니다. 이 많은 놀이 방식이 바로 아이의 자기 생명의 표현방식이었습니다. 이렇게 자기의 생명을 즐긴 것입니다. 그것이 즐김이었기에 이 시를 읽게 되면 오십 년이 넘었는데도 거기로부터 생명의 힘이 전해져 옵니다. '그게 나였구나!' 하는 생각이 들며 웃게 됩니다. 그때 한번 낙숫물 떨어지는 추녀 밑에 아주 어린 자신을 앉혀 보십시오. 낙숫물에서 만들어진 물방울 터뜨리기가 그리 쉽지 않습니다. 고랑으로 떠내려가는 물방울은 기포여서 작대기를 대면 요리조리 빠져 흘러갑니다. 그런데 그 움직임을 잘 보는 아이들이 꼭 있어서 백발백중 터뜨리고 저 같은 아이는 허탕 치기 일쑤입니다. 그런데도 서로 깔깔거리며 웃습니다. 낙숫물 손등으로 받기도 만만찮습니다. 요리 대면 저리 떨어지고 저리 대면 요리 떨어지고, 한데도 그걸 참 잘 맞추는 아이가 있습니다. 못 맞추는 나는 성질이 나기도 하지만 지지 않으려고 기를 씁니다. 못 맞췄는데도 맞춘 것처럼 맞춘 숫자를 속이기도 합니다. 그러다가 싸우기도 하고 커다랗게 웃기도 합니다. 떨어지는 낙숫물을 작대기로 후려치기는 참 고난도의 놀이지요. 목이 아프게 추녀를 올려보다가 후려칩니다. 맞췄을 때는 '와— 와—' 소리치고 그때 영혼은 맑아집니다. 지나서 생각해 보니 "거기다 어떤 재미들이 가득가득 살아 있어/ 쉴 새 없이 떠들고/ 무지무지하게 신중하고/ 까르르르 웃었으니"입니다.

그때 우리, 놀이를 만드는 자였습니다.

그때 우리, 재미가 없으면 재미를 만들었습니다.

그때 우리, 재미가 없으면 재미있는 종목을 창안했습니다.

그때 우리, '재미있느냐 없느냐'를 기준으로 우리의 생을 끌고 나아갔습니다.

그렇게 우리 생명을, 우리의 능력을, 우리의 삶으로 즐겼습니다.

그렇게 우리 주변을 우리 놀이 친구로 꾸미며 세계를 자기화시켰습니다.

그에 비하면 어른이 된 지금은 어떻습니까?

그래서 묻게 됩니다. 나는 나를 열띠게 하는 삶을 살고 있는가? "무지무지하게 신중하고/ 까르르르" 웃는 삶, 나의 생명을 넘치게 즐기는 삶을 살고 있는가?

그러니 이런 생명적 능력을 빼앗는 모든 것은 한마디로 '나쁜 것'이라고 말해야 합니다.

4. 삶에 대한 사랑(biophilia), 삶만을 원하라!

아이들에게는 삶만 있습니다. 끊임없는 생성으로서의 삶이 아이 자체입니다. 어른이라고 다를 것이 무엇이겠습니까. 왜냐하면 생명이란 삶 안에서 생성하지 못하는 것 혹은 못하게 하는 것을 몰아내는 것에 다름 아니기 때문입니다. 그렇기에 건강한 생명은 항상 제 안에서 약동하는 생명질서에 따라 움직입니다. 모든 점에서 내면의 생명 질서 체계에 따라 보고-느끼고-생각하고-움직입니다. 그래서 반쯤은 '생성하지 못함'(이것이 진정한 의미의 죽음에 대한 정의이다)을 짊어지고 사는 어른들이 아이들을 보면 영혼이 맑아지는 듯한 느낌을 받게 되는 것입니다. 저의 개인적인 생각이지만 사람과의 만남에서도 이런 생기와 활기참이 다른 어떤 것보다 가장 설득력을 갖는 까닭도 바로 생명이 주는 힘이라고 믿습니다. 이런 힘을 사는 것이 아이입니다. 생에서 뿜어져 나오는 힘으로 오직 삶만을 움켜쥐고, 삶으로만 나아가려 하고, 그 행위가 다시 그의 삶에 되먹임되어 생생한 삶!

이런 특성을 에리히 프롬은 '삶에 대한 사랑'(biophilia)의 첫 번째 특징, '살려 하고 존재를 유지하려고 한다'로 명제화하여 다음처럼 말합니다 : "죽음을 사랑하는 정위와 반대되는 것이 삶을 사랑하는 정위이다. 그 본질은 죽음을 사랑하는 것과는 대조적으로 삶을 사랑하는 것이다. …… 이 정위의 가장 기본적인 형태는 모든 유기체의 살려고 하는 경향에서 잘 드러난다. 나는 프로이트의 '죽음의 본능'에 대한 가정에 반대한다. 대신 수많은 생물학자들과 철학자들이 '살려고 하고 그 존재를 유지하려 하는 것은 모든 생명체의 고유한 성질'이라고 가정했던 것에 동의한다. 스피노자는 이 점에 대해 다음과 같이 표현했다 : '모든 것은 자신의 힘이 미치는 한 자기 존재를 고집하려 한다.' : 그는 이러한 노력을 모든 생물의 본질이라 불렀다. 주변에 있는 모든 생명체들에게서 우리는 이처럼 살려는 경향을 볼 수 있다. 빛을 받아 살기 위해 단단한 돌멩이 틈을 뚫고 나오는 작은 풀들에게서, 죽음을 피하기 위해서는 끝까지 맹렬하게 싸우는 들짐승에게서, 생명을 유지하기 위해서라면 아

무것도 못할 일이 없는 사람에게서……"(에리히 프롬, 『인간의 마음』, 70)

생명이 살려고 하고 더 잘 살려고 한다는 것은 참 당연한 말입니다.

그런데 이 당연한 말이 새삼스럽게 느껴지는 이유는 무엇일까?

— 당연함을 당연함으로 살지 못했기 때문입니다.

하지만 생명의 아이는 생명을 어떻게든 더 많은 생명적 힘으로 나아가게 하는 삶을 삽니다. 삶에 대한 사랑이 그에게는 본성입니다.

이 아이를 보십시오.

여섯 살 난 손녀가 며칠
심하게 토사를 하더니 축 늘어져서
꼼짝도 않으려고 한다
눈만 뜨면
통통거리며 거실에서 방으로 뛰어다니며 쭈꾸미만 한 손으로 그림을 그리고 가위로 자르고 블록을 쌓았다 무너뜨리고 싸우며 울고 떠들다가 조용하다 싶을 때에는 한쪽에 숨어서 일 저지르더니
아무것도 관심이 없다
집이 텅 빈 것 같다
밥 보고 손사래를 치며 돌아눕던 아이가
조금씩 입맛이 돌아오니 먹을 것만 찾는다

일어나자마자 우유 치즈 빵 과일 과자 게걸스럽게 먹는다
생명의 대형마트에 가서 온갖 먹을 것만 보고 왔는지
먹지 않던 것도 찾는다
회복기란 맛 하나를 더 배워
한 마디 더 채우는 성장이다
—「뭐 먹고 싶어요」 전문

우리의 몸이나 삶은 생명적 힘 그 자체입니다. 병이 나면 생명적 힘이 수축하고 몸이 축 늘어집니다. "눈만 뜨면/ 통통거리며 거실에서 방으로 뛰어다니며 쭈꾸미만 한 손으로 그림을 그리고 가위로 자르고 블록을 쌓았다 무너뜨리고 싸우며 울고 떠들다가 조용하다 싶을 때에는 한쪽에 숨어서 일 저지르더니"에 해당하는 생성이 사라지는 것입니다. 우리 몸에서도 이 세상에서도. 아이들만 이러는 것이 아니라 모든 생명체가 이럽니다. 그렇기에 우리 몸과 마음에서 '죽음에 대한 사랑'의 요소들을 몰아내는 것이 시급합니다. 이는 곧 삶을 일으키는 것이고 아이들에게서는 "입맛"을 찾는 것입니다. 생명은 아플 때도 자기를 회복시킬 음식들을 기억합니다. 아이들은 "생명의 대형마트에 가서 온갖 먹을 것만 보고 왔는지/ 먹지 않던 것도 찾는다/ 회복기란 맛 하나를 더 배워/ 한 마디 더 채우는 성장이다"는 생명적 본능의 투쟁을 영예롭게 진행합니다. 그렇기에 생성이 가능합니다.

아이들만이 아니라 어른도 마찬가지로 그래야 합니다.

지독하게 앓다가 조금 회복되니
보이는 것들이 다 새롭다
아침 햇살이 이처럼 융숭했던 적 있던가

거실 바닥에 작은 벌레가 기어간다
예전 같으면 파리채부터 찾았을 텐데
고 작은 몸으로 추운 겨울을 어떻게 견뎠냐고 묻는다
그랬더니 보란 듯 창가로 날아간다

음식물분리수거를 하러 가다가
하수도 쥐와 마주쳤다
너희들도 사는 게 바쁘구나 생각하는 사이
금방 꼬리를 감추고 금방 틈새로 고개를 쑥 내밀고
눈 반짝인다

그래 그래 열심히 살아라
살다라는 말 참 좋지 살다 살다 살아있다
되뇌면서 현관에 들어서니
손녀가 고 작은 입으로
할머니 소리치며 뛴다

오매— 생생하다
살아 있는 것 전부는
가볍게 뛰려고 한다

—「생생함에 눈 뜨다」 전문

아이에게 "회복기란 맛 하나를 더 배워/ 한 마디 더 채우는 성장"이라면, 어른들의 회복기란 삶에 대한 이유 하나를 더 배워 삶으로만 정향하는 마음 다짐입니다. 생명적 힘과 그를 돕는 지성 이외로는 갖지 않으려는 태도입니다. 왜? 생보다 찬란한 것은 없다는 것이 아픔이 삶에게 가르치는 유일한 사실이기 때문입니다. "아침 햇살이 이처럼 융숭"한 까닭은 삶이 있기 때문입니다. 삶이 있기에 "작은 벌레"가 "고 작은 몸으로 추운 겨울을" 견딘 것입니다. 삶이 있기에 "하수도 쥐"도 "금방 꼬리를 감추고 금방 틈새로 고개를 쑥 내밀고/ 눈 반짝"이고 있는 것입니다.

그래서 저는 다음 구절은 삶으로의 오도송(悟道頌)이라고 부르고 싶습니다.

"그래 그래 열심히 살아라/ 살다라는 말 참 좋지 살다 살다 살아있다/ 되뇌면서 현관에 들어서니/ 손녀가 고 작은 입으로/ 할머니 소리치며 뛴다// 오매— 생생하다/ 살아 있는 것 전부는/ 가볍게 뛰려고 한다"!

이미 삶인데 '삶으로의 오도송'이라니 하는 생각도 듭니다. 하지만 그동안 우리의 삶이 얼마나 비생명적이었으면 이런 표현을 할 수밖에 없겠습니까. 살아 있는 것을 향해 "오매— 생생하다"고 말하는 시인의 입김이 비생명적 삶에 마치 창조자의 입김처럼 스며듭니다. "그래 그래 열심히 살아라/ 살다라는 말 참 좋지 살다 살다 살아있다"는 말이 생명을 위한 자연어머니

(Naturemother)의 주문처럼 느껴집니다. 이것들이 삶에 대한 사랑만 생각하게 하는 것입니다.

5. 생을 알맞게 뜸 들이고 거풍(擧風)시키는 방식으로!

삶에 대한 사랑으로 다시금 자기를 조율하는 것이 이번 시집의 주된 내용이고, 앞서 본 아이들 이야기가 하나같이 '삶에 대한 사랑'이라는 생의 명령을 상기시킵니다. 하지만 그녀는 예순 중반에 들어섰습니다. 삶을 불려나가는 나이라기보다 이제는 생을 무겁지 않게 조정하고 완성하는 나이로 접어든 것입니다. 서리가 내리기 시작한 것입니다. 그래서 "배추도 서리를 맞아야/ 튼실하게 알을 품는다/ 사과도 서리를 맞으며 굵어야/ 꿀이 박히고 빛깔이 곱게 들고/ 오랫동안 저장해도 맛을 유지한다/ 시금치도 그렇고 냉이도 그렇다/ 밖으로만 자라던 것이 어느 날/ 제 눈길을 내면으로 향하게 된다는 것/ 그래서 하얗게 서리 오신 날 아침은/ 참 순하다"(「서리」에서)라는 말이 자기를 지시하는 듯합니다. 시간에 순응하면서도 가장 치열한 때입니다.

그래서 이번 시집에서 새삼스럽게 눈에 띄는 이미지가 "뜸"과 "거풍"이라는 말입니다.

예전에는 삼시 세 때를 불로 밥을 지었으니 뜸의 지혜와 묵은 살림들을 돌보는 방식으로 거풍(擧風, 쌓아두었거나 바람이 안 통하는 곳에 두었던 물건에 바람을 쐬어 줌)의 지혜가 예순 중반에 접어든 삶에 대한 사랑의 기술로 새롭게 이해될 만합니다.

우선 '거풍'의 지혜를 보겠습니다.

메마른 강둑
나룻배 한 척 엎드려 있다

일할 나이에는
쉬는 일도 쉽지 않아
봄여름 지나 가을이 다 가도록
햇볕 한 번 못 보던
허연 엉덩이 뒤집어 놓고
겨울바람에
겨울 볕에
거무스름한 물이끼
말리고 있다

강둑 또한 고된 지난 살림 드러내놓고
거풍(擧風) 중이시다
—「나룻배 있는 겨울 강둑」 전문

나룻배 하나가 엎어져 있는 겨울 강둑의 풍경입니다. 그게 살림의 어머니 눈에는 "거풍 중"으로 읽힙니다. 그리고 겨울 강둑 자체도 "고된 지난 살림 드러내놓고/ 거풍(擧風) 중이시다"

로 읽습니다. 당신의 한평생도 이제쯤 저 나룻배처럼 바람을 쐬어주어야 합니다. 이렇게 거풍을 자연한 생명살림의 지혜로 읽는 그녀는 예순 중반의 '삶에 대한 사랑'의 원리로도 생을 더하는 방식이 아니라 가지고 있는 삶을 알뜰하게 조정하고 더 빛내는 방식을 채택하는 듯합니다.

삶이 낡아가는 것은 어쩔 수 없습니다.

하지만 낡아간다고 하여 새로움이 없는 것은 아닙니다.

오히려 새로움은 낡아가는 것을 거부하는 것에서 생겨나는 것이 아니라 낡은 것이 썩지 않도록 '거풍'하는 일을 통해, 새롭게 살림을 조정하는 가운데 생겨나는 것입니다. 그래서 겨울 가고 물이 차오르면 다시 나룻배는 띄워질 것이며 강둑에도 초록이 밀려들 것입니다.

그래서 노자할배도 다음처럼 말했을 겁니다.

保此道者, 不欲盈.(보차도자, 불욕영.)

이 도를 보존하는 자는 채우려 욕심내지 않는다.

夫唯不盈, 故能蔽不新成.(부유불영, 고능폐불신성.)

대저 오직 채우지 않으므로 그로써 능히 자기를 낡게 하면서

새로이 이루지 아니할 수 있는 것이다.

—『도덕경』 15장에서

다음은 "뜸"의 지혜입니다.

뜸이 덜 든 밥과

고두밥은 다르다
뜸이 덜 든 밥은 설익은 밥이고
고두밥은 물이 약간 적어서 덜 퍼졌지만
밥알에 뼈가 없다
설익은 밥은 물량과 관계없다
질어도 덜 익었기 때문에 생 내가 난다
그래서 먹을 수 있는 밥의 관건은 뜸인데
뜸은 익은 것을 관장하기보다
익은 것을 익히는 것이다
그때는 솥뚜껑을 열어서는 안 된다
온도를 일정하고 은근하게 가해야 하고
시간이 시간 속에 쌓이듯
기다려야 한다
잘 익은 관계는 다 뜸이다
—「뜸」 전문

예순 중반에 이른 '삶에 대한 사랑'은 생을 더하는 방식이 아님을 "뜸"의 개념으로 말합니다. 물이 모자라 덜 퍼졌더라도 다시 물을 넣고 끓일 수는 없습니다. 물이 약간 적어 덜 퍼졌더라도 "온도를 일정하고 은근하게 가해야 하고/ 시간이 시간 속에 쌓이듯/ 기다려" 뜸으로 "익은 것을 익히는" 방식이어야 합니다. 또 물을 많이 잡아 질어졌더라도 불을 계속 가할 수는 없습니다. "익은 것을 익히는" 방법뿐입니다. 새롭게 뭘 하려는 것이 아니라 자신이 알고 있는 것과 행한 것을 더 알맞게 함으로써 그 가치가 살아나도록, 마치 "고두밥"처럼 될 수 있도록 하는 것입니다.

이렇게 삶에 대한 사랑을 최적화하는 것입니다.

그리고 이렇게 스스로에게 가르치듯이 삶에 대한 사랑을 새기기에 지금 아이들의 삶에 대한 사랑이라는 생의 명령에 대해서도 흔쾌히 "나도 두 살짜리 애처럼/ 응, 한다/ 착하게"(「올림픽 수영장은 악어다」에서), "어때요, 우리 손녀 참 장하지요/ 나도 흐뭇하게 웃으며/ 세 살 할머니 되는 거예요"(「세 살 할머니」에서)라고 할 수 있는 것일 겁니다.

두 번째 시집을 축하합니다.